這本可愛的小書是屬於

_____ 的！

國家圖書館出版品預行編目資料

救命啊!—第一次搭雲霄飛車 / 趙映雪著;徐萃,姬
炤華繪.－－初版一刷.－－臺北市:三民,2005
面; 公分.－－(兒童文學叢書.第一次系列)

ISBN 957–14–4217–8 (精裝)

850

網路書店位址 http://www.sanmin.com.tw

© 救 命 啊 !
——第一次搭雲霄飛車

著作人 趙映雪
繪 者 徐 萃 / 姬炤華
發行人 劉振強
著作財
產權人 三民書局股份有限公司
臺北市復興北路386號
發行所 三民書局股份有限公司
地址／臺北市復興北路386號
電話／(02)25006600
郵撥／0009998–5
印刷所 三民書局股份有限公司
門市部 復北店／臺北市復興北路386號
重南店／臺北市重慶南路一段61號
初版一刷 2005年2月
編 號 S 856901
定 價 新臺幣貳佰元整
行政院新聞局登記證局版臺業字第○二○○號

ISBN 957–14–4217–8 (精裝)

記得當時年紀小

（主編的話）

　　我相信每一位父母親，都有同樣的心願，希望孩子能快樂的成長，在他們初解周遭人事、好奇而純淨的心中，周圍的一草一木，一花一樹，或是生活中的人情事物，都會點點滴滴的匯聚出生命河流，那些經驗將在他們的成長歲月中，形成珍貴的記憶。

　　而人生有多少的第一次？

　　當孩子開始把注意力從自己的身體與家人轉移到周圍的環境時，也正是多數的父母，努力在家庭和事業間奔走的時期，孩子的教養責任有時就旁落他人，不僅每晚睡前的床邊故事時間無暇顧及，就是孩子放學後，也只是任他回到一個空大的房子，與電視機為伴。為了不讓孩子的童年留下空白，也不願自己被忙碌的生活淹沒，做父母的不得不用心安排，這也是現代人必修的課程。

　　三民書局決定出版「第一次系列」這一套童書，正是配合了時代的步調，不僅讓孩子在跨出人生的第一步時，能夠留下美好的回憶，也讓孩子在面對起起伏伏的人生時，能夠步履堅定的往前走，更讓身為父母親的人，捉住了這一段生命中可貴的片段。

　　這一系列的作者，都是用心關注孩子生活，而且對兒童文學或教育心理學有專精的寫手。譬如第一次參與童書寫作的劉瑪玲，本身是畫家又有兩位可愛的孫兒女，由她來寫小朋友第一次自己住外婆家的經驗，讀之溫馨，更忍不住發出莞爾。年輕的媽媽宇文正，擅於散文書寫，她那細膩的思維和豐富的想像力，將母子之情躍然紙上。主修心理學的洪于倫，對兒童文學與舞蹈皆有所好，在書中，她描繪朋友間的相處，輕描淡寫卻扣人心弦，也反映出她喜愛動物的悲憫之心。謝謝她

們三位加入為小朋友寫書的行列。

　　當然也要感謝童書的老將們，她們一直是三民童書系列的主力。散文高手劉靜娟，她善於觀察那細微的稚子情懷，以熟練的文筆，娓娓道來便當中隱藏的親情，那只有媽媽和他知道的祕密。

　　哪一個孩子對第一次上學不是充滿又喜又怕的心情？方梓擅長書寫祖孫深情，讓阿公和小孫子之間的愛，克服了對新環境的懼怕和不安。

　　還記得寫《奇奇的磁鐵鞋》的林黛嫚嗎？這次她寫出快被人遺忘的回娘家的故事，親子之情真摯可愛，值得珍惜。

　　王明心和趙映雪都是主修幼兒教育與兒童文學的作家。王明心用她特有的書寫語言，讓第一次離家出走的兵兵，幽默而可愛的稚子之情，流露無遺。趙映雪所寫的雲霄飛車，驚險萬分，引起了多少人的回憶與共鳴？那經驗，那感覺，孩子一輩子都忘不了，且看趙映雪如何把那驚險轉化為難忘的回憶。

　　李寬宏是唯一的爸爸作者，他在「音樂家系列」中所寫的舒伯特，廣受歡迎；在「影響世界的人」系列中，把兩千五百歲的酷老師 —— 孔子描繪成一副顛覆傳統、令人印象深刻的形象，更加精彩。而在這次寫到第一次騎腳踏車的書中，他除了一向的幽默風趣外，更有為父的慈愛，千萬不能錯過。我自己忝陪末座，記錄了小兒子第一次陪媽媽上學的經驗，也希望提供給年輕的媽媽，現實與夢想可以兼顧的參考。

　　我們的童年已遠，但從孩子們的「第一次」經驗中，再次回到童稚的歲月，這真是生命中難忘而快樂的記憶。我希望每一位父母都能與孩子一起走回童年，一起讀書，共創回憶。這也是我多年來，主編三民兒童文學叢書，一直不變的理想。

簡宛

作者的話

　　第一次搭雲霄飛車，是在三十年前很有名的「大同水上樂園」。已經想不起哪來這麼好待遇，媽媽竟會帶著姐姐和我去玩。在我們眼前有一隻老鼠在鐵軌上橫衝直撞。後來雲霄飛車都是好幾節拉著整串人的，但太空飛鼠不是，是一隻一隻分開的。

　　我和姐姐想都沒想各跳上一隻老鼠身上，一前一後開跑了。然後我就後悔得不得了，那真是我這輩子記憶最深刻的「害怕」。我根本不知道搭雲霄飛車是這種滋味，自己無法控制，任由它闖來摔去，任由它要彎要倒。在上面二、三十秒鐘吧，我一直怕自己被丟出去，想尖叫來不及，想追姐姐追不到，想找媽媽沒法子停下來。終於，在我快要嚇死的時候，太空飛鼠慢下來了，我面有菜色、無法言語的走下來。忘了那天我們在樂園裡還有沒有做第二件事情。

　　以後，大約十五年我都沒再進過任何樂園。出國讀書時，來到一個以雲霄飛車聞名的州。我於是跟著同學再度站在各式各樣飛車前，有世界最高的、有正著拉完後倒著拉的、有坐著的、有站著的，還有一種從前見都沒見過的自由落體。我一一上去了，卻再也沒有一種對我而言夠刺激的。我等著兒時那種快嚇死的經驗重現，卻發現害怕這回事也有「曾經滄海難為水」的境界。

　　現在因為離主題樂園很近，買了年票，女兒從小看著我玩，常在問搭雲霄飛車會怎樣。在她身高夠了後，我就問她要不要上去。她猶豫了好幾個月，因為我們家爸爸是說不上就不上的人。女兒不敢上去前，會跟爸爸手牽手，

看著在上面的我。過了好一陣子，終於她說了：「媽媽，我可不可以從最不害怕的搭？」我們一起挑了一個短短的沒有三百六十度旋轉的入門級雲霄飛車，跟她解釋那會是怎樣的感覺。看了半小時，她拉著我說：「好了，我們進去吧，但是妳一定要坐我旁邊喔。」

　　她當然怕，但又覺得有我在她身旁，所以有點安心。我們就上去轉啊轉的，轉彎前我會說：「小心喔，轉彎了！」下坡前，我也會講：「咻咻的來了！」她雙手緊抓著桿子，脖子縮著。大約三十秒後我們下來了，她一臉滿足又驕傲的說：「我比爸爸勇敢了，我敢搭了！」接下來馬上又要求我再搭一次，大概第四回上去時，在衝到攝影機前，她也敢把雙手舉高高拍照了。

　　之後，女兒就一種一種的試，現在九歲的她很為自己的勇敢驕傲，也高興自己沒有放棄上去試的機會。當然目前還是有很多種她尚鼓不起勇氣上去，但她總是說，沒關係，看久了，我就不怕了。

　　這一番話，不也就是她將來對人生的態度嗎？

趙映雪

4

趙映雪／著

徐　萃／繪

姬炤華

救命啊！

第一次搭雲霄飛車

小瑜雙手冷溼，
緊緊抓著媽媽的大手，
張嘴抬頭盯著高高
高高的地方。

2

3

那裡，
有一隻老鼠
剛從大貓嘴裡
逃出來，
正沒命的
往好陡好陡的
山丘上爬去……

4

山坡像溜滑梯，他「吱──吱──」的溜下去。竟然溜滾得直直滾到另一邊，撐到山頂。

他嚇得沒看到前面是個險彎，在快撞到山壁時，才屁股一扭，向右急拐……

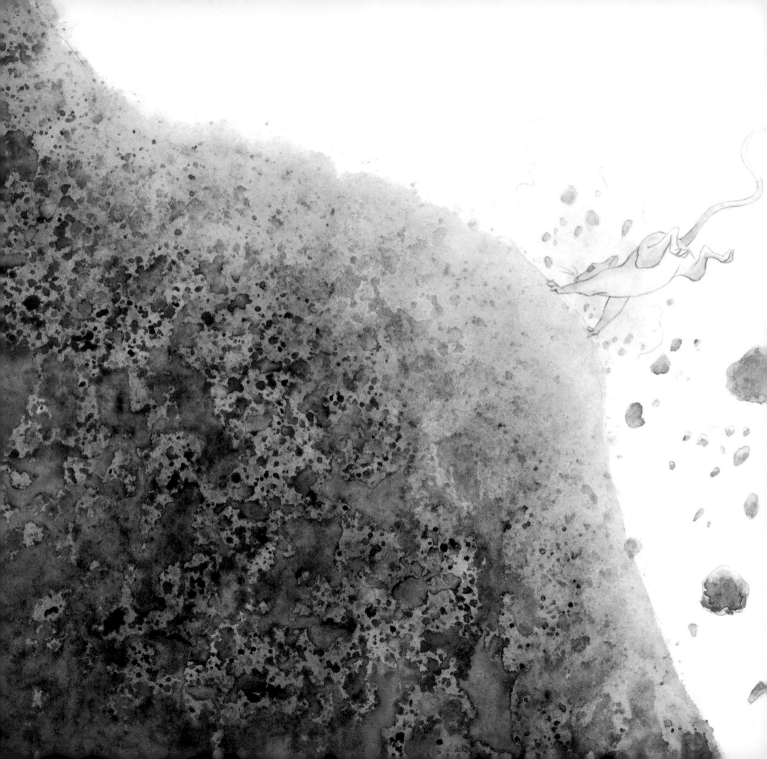

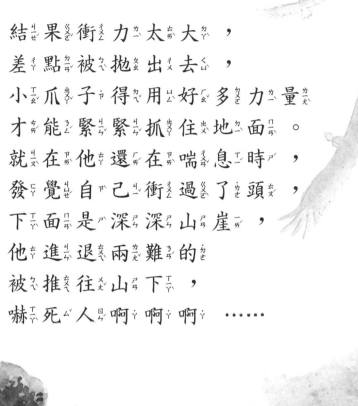

結果衝力太大，
差點被拋出去，
小爪子得用好多力量
才能緊緊抓住地面。
就在他還在喘息時，
發覺自己衝過了頭，
下面是深深山崖，
他進退兩難的
被推往山下，
嚇死人啊啊啊……

掉到山底，老鼠
根本來不及反應，
馬上又被斜斜拉向
另一座山峰，
他幾乎要倒栽蔥了，
一顆心飛出了喉頭！
沒想到心還懸著，
救命啊啊啊，
身體再一次摔到谷底……

10

咻ㄒㄧㄡ！好ㄏㄠˇ險ㄒㄧㄢˇ沒ㄇㄟˊ死ㄙˇ，
老ㄌㄠˇ鼠ㄕㄨˇ鬆ㄙㄨㄥ了ㄌㄜˋ一ㄧ口ㄎㄡˇ氣ㄑㄧˋ，
躺ㄊㄤˇ了ㄌㄜˋ下ㄒㄧㄚˋ來ㄌㄞˊ，卻ㄑㄩㄝˋ沒ㄇㄟˊ看ㄎㄢˋ到ㄉㄠˋ
自ㄗˋ己ㄐㄧˇ正ㄓㄥˋ往ㄨㄤˇ大ㄉㄚˋ貓ㄇㄠ嘴ㄗㄨㄟˇ裡ㄌㄧˇ送ㄙㄨㄥˋ去ㄑㄩˋ……

小瑜嚥下胸前一口氣，
她這樣看著太空飛鼠
已經半小時了。

13

要上，
不要上；
要上，
不要上。

最愛搭雲霄飛車的媽媽說，
小瑜七歲了，想飛可以飛。
但不是長大的人都愛飛的。

有一次爸爸上去了，
從頭到尾眼睛閉緊緊、
脖子縮著，下來後還要
小瑜捶背說腰痠背痛。

16

搭ㄉㄚ雲霄ㄒㄧㄠ飛ㄈㄟ車ㄔㄜ
到ㄉㄠ底ㄉㄧ是ㄕ怎ㄗㄣ樣ㄧㄤ？
怎ㄗㄣ麼ㄇㄜ媽ㄇㄚ媽那ㄋㄚ麼ㄇㄜ愛ㄞ？
爸ㄅㄚ爸那ㄋㄚ麼ㄇㄜ怕ㄆㄚ？

17

媽媽說，
什麼事都該去嘗試一下，
才不會錯過有趣的東西。

18

爸爸卻講，
一看就知道
恐怖的事
幹嘛去試？
根本跟自己
神經過不去。

19

她要聽誰的？
她想試，看媽媽
在上頭叫得好開心喔。

20

但也不想試，
要是一半時不敢了
怎麼辦？
她從沒看過
雲霄飛車停下來
讓小朋友下車的。

21

媽媽說：「這次還不敢
沒關係，長大一點再來。」
爸爸說：「長大一點不敢
也沒關係，像爸爸到現在還不敢。」

22

小瑜笑了出來說：
「我快敢了啦。」

23

媽媽坐在小瑜身旁，
緊緊摟著她。
小瑜牙齒在打架，
全身在發抖，
心臟怦怦跳得比
飛車還大聲。

24

她閉起眼睛，
知道老鼠逃出貓嘴了，
但媽媽說眼睛要張開，
看著要往哪兒轉，
才不會頭暈噁心。
接下來她差點
連呼吸都來不及。

25

一下被推往這，
一下被拋到那。

26

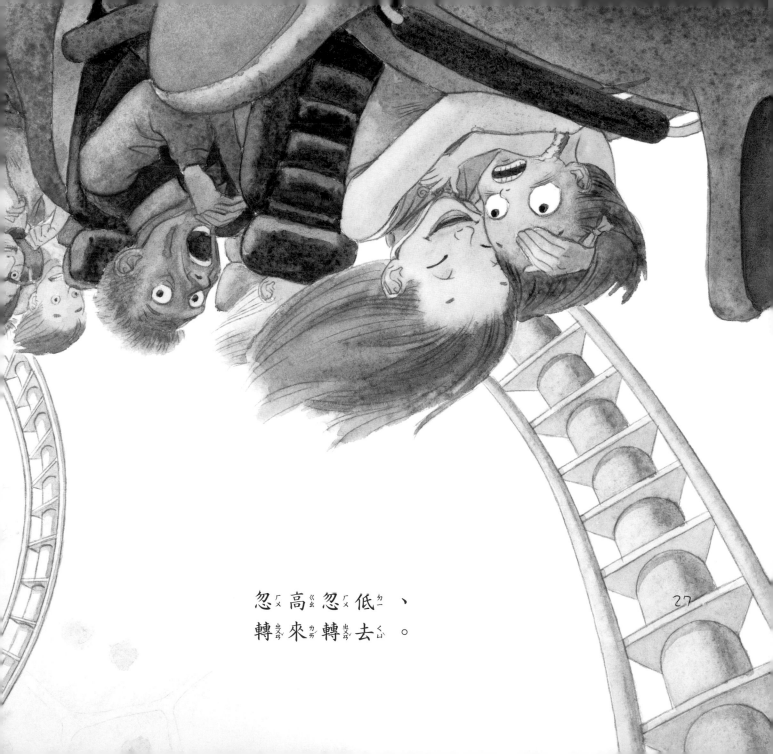

忽ㄏㄨ高ㄍㄠ忽ㄏㄨ低ㄉㄧ、
轉ㄓㄨㄢ來ㄌㄞ轉ㄓㄨㄢ去ㄑㄩ。

27

在最高處她聽到
媽媽說要咻咻了，
到自動照相機前
媽媽說雙手要舉高高，
但是小瑜什麼也沒有做，
只聽到風颼颼從耳邊過去，
張著的眼珠子、腦袋和心
一起都快掉出去了。

29

就在她找到聲音要尖叫時，
雲霄飛車進到了谷底。
小瑜愣了一下，
結束了？結束了！

「哇！妳真的敢耶，
妳比爸爸棒了！」

30

聽到這句話，
十秒鐘前那懸空的緊張
馬上不那麼可怕了，
原本軟軟的腳
力氣全部回來了。

她拉拉媽媽的手
說：「好刺激喔，
我們再去搭一次！」

這一次，她心想
一定不那麼緊張，
要很酷的把手舉高高了！

寫書的人
趙映雪

　　以前有人譏笑作家都是見光死的，我們就很識相的不提供照片；現在據說作家都要年輕貌美，我們連幾年幾班也省了。

　　目前的趙映雪有兩個家，一個在美國，一個在臺灣。美國的時光彷如渡假，網球、鋼琴、寫作；臺灣的時間彷如陀螺，志工媽媽、陪第一次回臺灣讀書的女兒體會考試滋味，還有就是趕場赴各種會。在兩個地方都很快樂。已為小朋友寫了《小黑兔》等數十本書，近作為《美國老爸臺灣媽》。

畫畫的人
徐　萃・姬炤華

　　他們是一對兒畫畫的人。在北京城的東南角，有一座編號為十五的水泥山，他們就住在半山腰的一個小水泥洞裡。在水泥洞的西邊有一座橋，橋的西邊有一池湖水，那是他們兒時獨自去過最遠的地方。現在他們的作品比他們走得更遠……

　　他們給兒童創作的讀物有《你長大了嗎？》、《填色大森林》等，還給大陸中小學課本繪製過插圖；給大人看的漫畫發表在《中國經濟時報》、《中國財經報》以及《人民日報海外版》等報刊雜誌上。漫畫作品曾獲中國科學漫畫、連環畫、插畫大展銀獎，在日本獲得讀賣國際漫畫大展優秀獎。

小瑜和媽媽搭雲霄飛車時,在自動照相機前拍照留念,照片洗出來後,她們想找個特別的方式把照片展示出來,所以自己動手做了一個全世界獨一無二的相框。你想不想一起做做看呢?

準備材料

粉彩紙或卡紙、緞帶、打洞機、剪刀、膠水。

進行步驟

(1)依相片大小,將粉彩紙裁成每邊各比相片大3cm的長方形2張。

(2)將其中一個長方形中間部分挖空,挖空的部分比相片來得小一些,黏住兩長方形的其中三邊,剩下的一邊不可以黏起來喔!在黏起來的三邊打上數個小孔,將緞帶穿過小孔,美美的相框就完成了!

I.

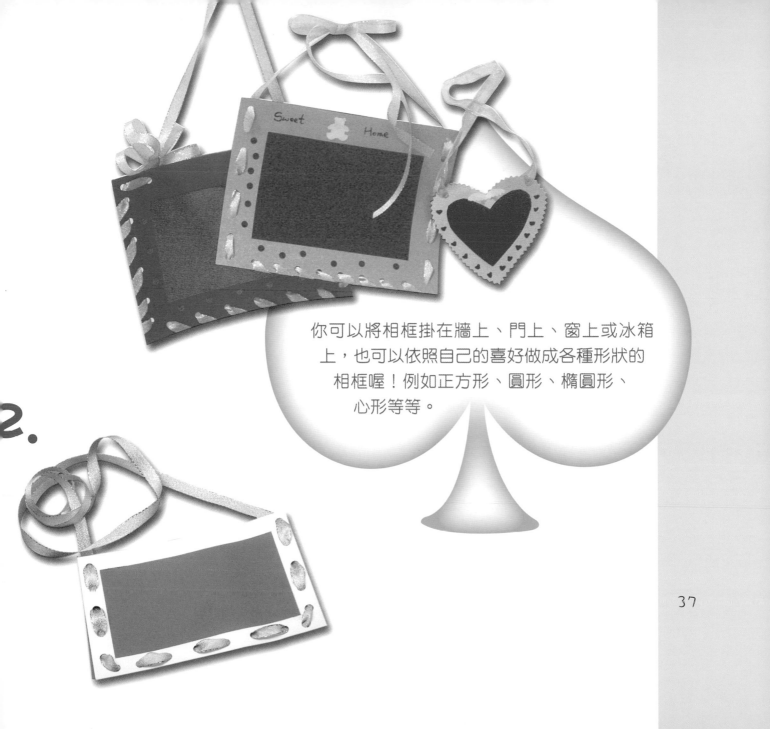

你可以將相框掛在牆上、門上、窗上或冰箱上，也可以依照自己的喜好做成各種形狀的相框喔！例如正方形、圓形、橢圓形、心形等等。